Freitag, der 13.

**In deutscher Übersetzung liegen folgende
Theaterstücke von Jean-Pierre Martinez vor:**

Die Touristen
Vier Sterne
Freitag, der 13.
Strip Poker

JEAN-PIERRE MARTINEZ

Freitag, der 13.

Übersetzung: Hans-Joachim Bopst

La Comédi@thèque
comediatheque.net

Personen

Jérôme
Christelle
Patrick

Der vorliegende Text möchte Sie zur Lektüre einladen. Wenn Sie ihn öffentlich darbieten möchten – gleich ob auf einer etablierten Bühne oder in einem Laientheater – müssen Sie die Aufführungsrechte beim Autor einholen:
Kontakt: https://comediatheque.net

© La Coﾃﾩdi@thèque
ISBN 978-2-37705-411-4

Wohnzimmer im Öko-Schick, wovon allerdings nur noch Spuren sichtbar sind. An der hinteren Wand ist ein abstraktes Gemälde auf dem Boden abgestellt, andere Sachen sind schon in Umzugskartons verpackt. Geschmückter Weihnachtsbaum in einer Ecke. Niemand auf der Bühne. Das Telefon klingelt, der Anrufbeantworter schaltet sich ein:

JÉRÔME *(Stimme aus dem Off)*: Hallo! Richtig, wir sind's, Jérôme und Christelle. Wir sind gerade in Untersuchungshaft wegen Steuerbetrug, aber ihr könnt uns nach dem Piep eine Nachricht hinterlassen. Wir rufen zurück, sobald wir nicht mehr in Polizeigewahrsam sind. Jetzt seid ihr dran!

Man hört den Piep, danach die vom AB aufgenommene Nachricht:

NATHALIE *(Off-Stimme)*: Ähm… Hallo, ihr beiden, ich bin's, Nathalie. Alles klar bei euch? Ach Quatsch, ihr könnt ja nicht antworten… Also, wir sehen uns wie geplant heute Abend, nur – …

Jérôme tritt auf. In jeder Hand eine Einkaufstüte, von verschiedenen Supermärkten. Unter dem Arm ein Baguette. Er ist zu bepackt, um das Gespräch noch anzunehmen und hört einfach den Rest der Nachricht ab:

NATHALIE *(Off-Stimme)*: … wir kommen eher so gegen halb neun. Mein Flug landet in Beauvais, von dort mit dem Bus rein nach Paris, meinen Koffer zu Hause abstellen und dann mit Patrick zu euch fahren, das kann dauern… Ach, übrigens, vielen Dank für den Koffer. Den bring ich euch bei der Gelegenheit auch gleich zurück. Also, bis dann! Und macht euch bloß keinen Kopf wegen dem Abendessen – alles ganz locker, wie unter guten Freunden, ja?

Jérôme verschwindet mit seinen Tüten in der Küche und kommt mit einem Kanister billigen Wein zurück. Er zieht seine Regenjacke aus und holt eine Karaffe aus einem Schrank. Er macht den Kanister auf, setzt einen Trichter auf die Karaffe und füllt den Wein in die Karaffe ab. Christelle tritt auf.

CHRISTELLE: Hallo! Auch schon da? Alles klar?

JÉRÔME: Nathalie hat angerufen, sie kommen etwas später.

CHRISTELLE: Umso besser, wir sind auch nicht grade früh dran… *Sie zieht ihren Mantel aus.* Ganz schön kalt hier drinnen, findest du nicht? Noch kälter als draußen…

JÉRÔME: Ich hab die Heizung ausgedreht. Wir wollten doch sparen, oder?

Christelle sieht, was er gerade macht.

CHRISTELLE *(erstaunt)*: Was soll das werden?

JÉRÔME: Na, ich füll den Wein in eine Karaffe, damit er ein bisschen atmet, bevor wir ihn trinken. Ist scheinbar besser.

CHRISTELLE: In so einen Spitzen-Wein hättest du aber auch nicht zu investieren brauchen… Wenn es nach mir ginge, würde ich eher am Wein als an der Heizung sparen…

JÉRÔME: Ist nur Landwein. Frag mich nicht, aus welchem Land. Auf jeden Fall nicht aus der Europäischen Gemeinschaft. Ein Euro 24 Cent der Liter, beim Discounter. Sonderangebot zu Weihnachten…

CHRISTELLE: Und warum füllst du ihn ab?

JÉRÔME *(ironisch)*: Den Tipp hat mir der Sommelier dort gegeben. Damit dieser kostbare Nektar an der Nase alle Fruchtaromen von roten Beeren und Vanille zeigen kann. Ohne im Abgang eine leichte Traubenbetonung zu verleugnen... *(Wieder ernsthaft)* Aber im Ernst – würdest *du* den Kanister auf den Tisch stellen?

CHRISTELLE: Stimmt natürlich …

JÉRÔME: Außerdem kann es diesem Pennerglück nicht schaden, wenn man ihn etwas lüftet. Landwein ist wie Leitungswasser: besser, man dekantiert ihn, bevor man ihn trinkt. Damit die giftigen Dämpfe noch schnell abziehen und die Schwermetalle sich am Boden absetzen können…

CHRISTELLE: Hast du alles besorgt?

JÉRÔME: Ich hab eine Artischockenpastete von *Frosta* gekauft, muss man nur noch auffrosta, ähm, auftauen und fertig.

CHRISTELLE: Eine Artischockenpastete?

JÉRÔME: War auch im Angebot… Zusammen mit einem Salat…

CHRISTELLE: Aha… Na, ich bereite dann schon mal den Aperitif vor.

Christelle holt Gläser.

CHRISTELLE: Warst du beim Jobcenter?

JÉRÔME: Jep.

CHRISTELLE: Und?

JÉRÔME: Die haben mir ein Praktikum angeboten…

CHRISTELLE: Ein Praktikum?

JÉRÔME: Bei einem Restaurator.

CHRISTELLE: Restaurateur? Das ist ja super… Das ist doch genau das, was du wolltest.

JÉRÔME: Ein Restau*rator*… von Bildern!

CHRISTELLE: Bilder restaurieren? Aber du hast doch auf der Hotelfachschule gelernt!

JÉRÔME: Willkommen beim Jobcenter – die bringen dich weiter. Nur leider ganz woanders hin. Die müssen da was verwechselt haben…

CHRISTELLE: Aber du hast ihnen doch gesagt, dass du Chefkoch warst. Ist ihnen nichts Besseres dazu eingefallen?

JÉRÔME: Die haben nur gemeint: „Heutzutage müssen Sie vielseitig einsetzbar sein."

CHRISTELLE: So was von bescheuert! Erst Rahmschnitzel, dann Rahmen schnitzen. Erst in der Nobelbleibe, dann am Hobel bleiben…

JÉRÔME: Keine Sorge, zuhause werde ich immer dein Meisterkoch bleiben.

CHRISTELLE: Meisterkoch... von wegen. Zuhause kriegst du's ja nicht mal fertig, etwas aufzutauen.

JÉRÔME: Das ist jetzt aber fast so was wie ein versteckter Vorwurf…

CHRISTELLE: Schon gut. Bist du hingegangen?

JÉRÔME *(mit Blick auf das an die Wand gelehnte Bild)*: Naja, ich hab bei der Gelegenheit gleich mal unser Gemälde schätzen lassen…

CHRISTELLE: Ach, diesen Ölschinken, den du vor zehn Jahren von deinem Freund gekauft hast – diesem Studenten der Schönen Künste, dem du für seine Schöpfung auch noch ein Vermögen gezahlt hast…

JÉRÔME: Das war kurz nach seinem ersten Selbstmordversuch. Ich wollte ihm auf die Beine helfen. Und dann habe ich mir gesagt, dass das Bild mit der Zeit an Wert gewinnt…

CHRISTELLE: Wenn wir damit wenigstens die Heizkosten bezahlen können… Ja, und auf wie viel hat er dieses Meisterwerk geschätzt, dein Restaurator?

JÉRÔME: Gute hundert Euro.

CHRISTELLE: Und du hast es für 1.500 gekauft!

JÉRÔME: Warte mal ab. Du weißt doch, was für einen *Run* es nach Van Goghs Tod auf seine Bilder gegeben hat.

CHRISTELLE: Dann brauchen wir ja nur noch zu hoffen, dass dein genialer Freund seinen Selbstmord doch noch hinkriegt, bevor wir hier erfroren sind… *(seufzt)* Wir können nicht einmal davon träumen, dass der *Rahmen* an Wert gewinnt - ist ja keiner dran!

JÉRÔME: Tja, das ist so eines von den Problemen bei moderner Malerei…

CHRISTELLE: Ich hoffe ja, dass Patrick uns wenigstens die 1.000 Euro zurückzahlt, die du ihm so großzügig geliehen hast. Dann könnten wir das Unterstellen von unseren Möbeln bezahlen, solange wir auf die Sozialwohnung warten, die uns dein sozialdemokratischer Cousin im Rathaus versprochen hat… Übrigens: hast du ihn mal daran erinnert?

JÉRÔME: An unsere Wohnung?

CHRISTELLE: Ach was - an die 1.000 Euro!

JÉRÔME: Ich frage mich, ob das jetzt der richtige Augenblick ist… Die haben es auch nicht leicht, weißt du. Wo die Telekom Nathalie in dieses Call-Center nach

Straßburg versetzt hat – das musst du dir mal vorstellen! Straßburg! Die war doch immerhin Chefin der Personalabteilung, mit Büro am Pariser Seine-Ufer. Da kann Patrick mit seinem Gehalt als Grundschullehrer in Teilzeit nicht mithalten…

CHRISTELLE: Na und ich? Ich hab drei halbe Stellen! Und das reicht nicht mal, um die Nebenkosten zu bezahlen!

JÉRÔME: Okee, ich rede mit ihm, heute Abend!

Das Telefon klingelt.

CHRISTELLE: Ach, das sind sie bestimmt… *(Sie nimmt den Hörer ab)* Hallo…? Alles klar bei dir, Patrick! Ach so… Nee, überhaupt kein Problem, Patrick… Ok, wir warten solange… Bis gleich, Patrick… *(Sie legt auf)* Das war Patrick…

JÉRÔME: Das hab ich mir *irgendwie* gedacht, als du gleich als Erstes gesagt hast: „Ach, Patrick." Das musste er einfach sein...

CHRISTELLE: Nathalies Flug hat Verspätung. Er kommt allein, mit dem Wagen…

JÉRÔME: Und sie?

CHRISTELLE: Er hat ihr auf ihre Sprachbox gesprochen, dass sie direkt hierher kommen soll. Den Aperitif trinken wir dann ohne sie.

JÉRÔME: Was für eine Schnapsidee, von Straßburg nach Paris zurück zu *fliegen*!

CHRISTELLE: Wo sie auch noch 60 km vor Paris landet. Aber klar, mit Ryan Air kostet der Hin- und Rückflug weniger als ne Metro-Fahrkarte…

Jérôme geht zu ihr und nimmt sie in die Arme.

JÉRÔME: Hey, wir kommen schon wieder klar.

CHRISTELLE: Ja, sicher. …. Und solange wir zusammen sind, kann uns eh nichts Schlimmes passieren, hab ich recht?

JÉRÔME: Ich trinke lieber Landwein mit dir als Edel-Schampus mit wem auch immer.

CHRISTELLE: Ich hab so ein Gefühl, dass sich das Glück wenden wird. Zu Weihnachten. Und heute ist doch auch Freitag, der 13., stimmt's?

JÉRÔME: Vielleicht gewinnen wir im Lotto.

CHRISTELLE: Wir spielen doch gar nicht…

JÉRÔME: Ich hab neulich, als wir deine Mutter in Lille besucht haben, in einem Kiosk Lotto gespielt. Hab meine Bewerber-Nummer vom Job-Center getippt.

CHRISTELLE: Da geht's mir ja gleich besser…

Sie küssen sich.

JÉRÔME: Und Patrick? Ist der schon auf dem Weg?

CHRISTELLE: Der fährt seit ner Viertelstunde um unseren Häuserblock, auf der Suche nach einem Parkplatz.

JÉRÔME: Ein Parkplatz, in diesem Viertel, um diese Zeit…

CHRISTELLE: Eins steht fest: wenn die sich einen Smart zugelegt hätten wie wir, statt diesem fetten Mercedes mit 4-Rad-Antrieb, dann wäre das Einparken leichter…

JÉRÔME: Aber wie sollen sie das mit ihren zwei Kindern anstellen… Der Smart hat doch nur zwei Sitze.

CHRISTELLE: Die Kids sind noch klein, da hätte ein Twingo auch schon gereicht! Wo sie angeblich Geldprobleme haben…

JÉRÔME: Zuerst sollte er mal lernen, wie man einen Laster einparkt…

Christelle fängt an, die Flaschen auf den Tisch zu stellen. Es läutet an der Tür.

JÉRÔME: Na, so schlecht fährt er ja gar nicht… Jetzt hat er seinen 5-Tonner doch noch untergebracht. Bleib sitzen, ich mach ihm auf…

Jérôme geht die Türe aufmachen.

JÉRÔME: Hallo, Patrick! Na, was ist n los mit dir? Du bist ja leichenblass? Man könnte glauben, du hast einen Wiedergänger gesehen…

Patrick kommt mit Jérôme rein. Er hält eine Flasche Champagner in der Hand und sieht tatsächlich wie das heulende Elend aus.

PATRICK *(tränenerstickt)*: Du weißt nicht, wie recht du hast.

Christelle kommt näher, verstört.

CHRISTELLE: Was ist denn passiert, Patrick?

PATRICK: Ich wollte gerade das Autoradio ausmachen und aussteigen… da kam es in den Nachrichten… *(stockt)* Das Flugzeug mit Nathalie ist über dem Meer abgestürzt…

JÉRÔME: Über dem Meer?

CHRISTELLE: Bist du sicher, dass es *ihr* Flug ist?

JÉRÔME: Der Flug aus Straßburg?

PATRICK: Es war ein Billigflug mit Zwischen-Stopp in Brüssel und London. Sie haben die Flugnummer und den Namen der Fluggesellschaft genannt. Es gibt keinen Zweifel. Die Maschine ist über dem Ärmelkanal von den Bildschirmen verschwunden…

Patrick bricht in Schluchzen aus. Jérôme und Christelle schauen sich hilflos an, sie wissen nicht, was sie sagen sollen.

CHRISTELLE: Hör mal, die finden sie vielleicht noch…

JÉRÔME: So groß ist der Ärmelkanal auch nicht…

CHRISTELLE: Der Pilot hat vielleicht eine Wasserlandung hingekriegt.

JÉRÔME: Zwischen zwei Öltankern…

CHRISTELLE: So was hat es schon gegeben…

JÉRÔME: Kommt nicht jeden Tag vor, aber ist schon mal da gewesen…

PATRICK *(mit schwacher Stimme)*: Meint ihr wirklich…

CHRISTELLE: Was haben sie gesagt, im Radio? Haben sie gesagt, dass es keine Überlebenden gibt?

PATRICK: Das wissen sie noch nicht…

CHRISTELLE: Na, siehst du!

JÉRÔME: Und außerdem sind Flugzeuge immer noch das sicherste Verkehrsmittel! Laut Statistik liegt deine Chance draufzugehen bei eins zu einer Million. Ungefähr die gleiche Chance wie auf einen Sechser beim Lotto, also…

Christelle schaut ihn fassungslos an.

PATRICK *(verzweifelt)*: Und dass es ausgerechnet Nathalie treffen musste… Ich hab ihr noch gesagt, sie soll nicht an einem Freitag, den 13. fliegen…

JÉRÔME: Na, es ist nur der Ärmelkanal… die Black Box fischen sie bestimmt raus…

Patrick zuckt zusammen.

PATRICK: Mein Gott, was soll aus mir werden, ohne sie? Mit den zwei Kindern. Und dem Darlehen auf dem Haus…

Jérôme und Christelle blicken sich an und wissen nicht, was sie tun sollen.

PATRICK *(pathetisch)*: Und *euch* schulden wir auch noch 1.000 Euro…

CHRISTELLE: Ach, was redest du da? Das ist doch jetzt nicht dringend.

Patrick reicht Jérôme die Flasche Champagner.

PATRICK: Hier, ich hab euch als Dankeschön eine Flasche Champagner mitgebracht. Wenn ich geahnt hätte…

Patrick hält Jérôme seine Flasche Champagner hin.

JÉRÔME: *Veuve Cliquot*… Voll der Luxuschampagner! Mann! Du hast dich nicht lumpen lassen!

PATRICK: Es ist ein Alptraum… Sagt mir, dass es nicht wahr ist!

JÉRÔME *(plötzlich zweifelnd)*: Aber das ist jetzt alles nicht nur ein übler Scherz?

Christelle sieht ihn missbilligend an.

CHRISTELLE: Komm, Patrick, setz dich erst mal her. Wir machen den Fernseher an, da kommen gleich Nachrichten. Geht das für dich?

Christelle schaltet das Fernsehen ein, wo gerade Werbeeinblendungen laufen.

STIMME *(aus dem Off)*: Und der Unterschied zwischen den zwei Särgen? Der Preis! Leclerc – weil das Leben schon teuer genug ist… Jipijeijei.

Christelle wechselt hastig den Sender.

STIMME *(aus dem Off)*: Sternzeichen Löwe – heute ist ein rabenschwarzer Tag für Sie…

PATRICK: Ich *bin* Löwe…

STIMME *(aus dem Off)*: Sie sollten besser nicht verreisen…

CHRISTELLE: Aber das warst doch nicht *du* im Flieger…

STIMME *(aus dem Off)*: Wenn es sich gar nicht vermeiden lässt, nehmen Sie lieber den Zug als das Flugzeug…

PATRICK: Nathalie ist auch Löwe.

CHRISTELLE: Ich glaub, wir schalten besser das Radio ein.

STIMME *(aus dem Off)*: … An diesem Freitag, den 13. warten im Jackpot 60 Millionen Euro auf die glücklichen Gewinner. Und hier ist auch schon die Ziehung der Lottozahlen…

Christelle wechselt den Sender.

STIMME *(aus dem Off)*: Noch gibt es keine neuen Nachrichten von Flug Nummer 32 der Fluggesellschaft *Discount Airways* auf ihrem Flug von Straßburg nach Paris-Beauvais, mit Zwischen-Stopp in Brüssel und London.

PATRICK: Seht ihr, das *ist ihr* Flug…

STIMME *(aus dem Off)*: Nach derzeitigem Kenntnisstand hat der Pilot ein Notsignal gesendet, kurz bevor die Maschine von den Radarschirmen verschwand. Wir werden Sie selbstverständlich über den Stand der Dinge informieren, sobald uns nähere Einzelheiten vorliegen…

Christelle macht das Radio aus.

CHRISTELLE: Wir müssen abwarten… etwas Anderes können wir jetzt eh nicht tun… Ich schenk dir mal einen Schluck ein, das wird dich ein bisschen ablenken.

JÉRÔME: Wir werden doch jetzt nicht den Champagner aufmachen …?

PATRICK *(bemerkt die Karaffe)*: Ich nehme einen Schluck Wein, der ist eh schon offen.

CHRISTELLE: Bist du sicher? Willst du nicht lieber was Anderes?

PATRICK: Nee, schon in Ordnung, ehrlich…

PATRICK *(zu Jérôme)*: Bei dem, was ich durchmache, habe ich keine Freude mehr, nicht mal mehr an so einem Spitzenwein…

JÉRÔME: Mach dir nicht so viele Sorgen, Kumpel…

PATRICK *(plötzlich in Panik)*: Oh Gott, meine Mutter!

CHRISTELLE: War die *auch* in der Maschine?

PATRICK: Nee, die ist zu Hause und die Kinder sind bei ihr. Ich hoffe nur, die sitzen nicht vorm Fernseher!

Patrick holt hastig sein Handy heraus und tippt die Nummer seiner Mutter.

PATRICK: Hallo Mama? Ja, ich weiß, ich hab's gehört… Sag mal, die Kinder sind nicht vorm Fernseher, oder? Die schlafen schon? *(seufzt vor Erleichterung)* Gut. Du, ich hab jetzt wirklich keine Lust, darüber zu sprechen… Ich ruf dich später nochmal an, ok? … Bitte, Mama, erspar mir dein Beileid… Nur zur Erinnerung: sie ist noch nicht tot… Ja, wahrscheinlich, aber sicher ist es noch nicht, also, komm mir jetzt nicht damit… Du hast sowieso nie ein gutes Haar an ihr gelassen und mir schon tausend Mal gesagt, dass sie nicht die richtige Frau für mich ist und ich eine bessere hätte finden können… Ach, weißt du was, Mama, ich scheiß auf deine Meinung!

Patrick legt wütend auf. Jérôme und Christelle sehen ihn an, etwas unangenehm berührt und doch mitfühlend.

PATRICK: Sie hat Nathalie noch nie leiden können… Innerlich jubelt sie wahrscheinlich…

CHRISTELLE: Sag doch so was nicht…

PATRICK: An unserem Hochzeitstag hat sie vorgegeben, dass mein Vater krank sei - nur damit sie nicht zur Trauung kommen musste.

JÉRÔME: Aber er war doch wirklich krank und ist ein paar Monate später gestorben…

PATRICK: Ja, genau an dem Tag, als Maxime auf die Welt gekommen ist… auch extra, um mir eins auszuwischen…

CHRISTELLE: Pat, willst du ein Beruhigungsmittel? Oder einen Schnaps?

PATRICK: Tut mir leid, dass ich euch mit diesen Familiengeschichten auf die Nerven gehe… Ich will euch nicht den Abend verderben. *(Er steht auf und will gehen).* Ich mach mich mal lieber auf den Weg …

CHRISTELLE: Ach, komm jetzt, Patrick! Wir sind doch Freunde? Wozu hat man Freunde, wenn sie einem in solchen Momenten nicht beistehen?

PATRICK *(setzt sich wieder hin)*: Ich hab gewusst, dass ich mich auf euch verlassen kann… Und, ehrlich gesagt, habe ich keine große Lust, allein zu Hause vor dem Weihnachtsbaum zu hocken, mir die Nachrichten reinzuziehen und jedes Mal mit dem Schlimmsten zu rechnen…

JÉRÔME: Mal hören, ob's schon Neues gibt…

PATRICK: Ich weiß nicht, ob ich das wissen will. *(Pause)* Na, gut, geh schon, schalt ein…

CHRISTELLE: Ok. *(Christelle schaltet das Radio wieder ein.)*

STIMME *(aus dem Off)*: Die in die Nähe der vermeintlichen Unfallstelle entsandten Suchflugzeuge haben einen größeren Kerosin-Teppich gesichtet. Noch kann nicht mit Sicherheit gesagt werden, ob es sich dabei um Treibstoff der Maschine der Fluggesellschaft *Discount Airways* handelt, die, wie gemeldet, vor etwa einer Stunde über dem Ärmelkanal abgestürzt ist. Wir erwarten in Kürze einen Bericht unseres Sonderkorrespondenten, der sich an Bord eines der Rettungshubschrauber befindet… In der Zwischenzeit geben wir noch einmal die Lottozahlen bekannt…

PATRICK: Einen Kerosin-Teppich… Das heißt doch nichts anderes, als dass die Maschine abgestürzt ist… Wie soll es da noch Überlebende geben…?

Jérôme und Christelle wissen nicht, wie sie seine Stimmung aufhellen sollen.

STIMME *(aus dem Off)*: … Die Gewinnzahl lautet: 1-5-2-7-9-6, Zusatzzahl 10…

Jérôme erstarrt.

CHRISTELLE: Wenn der Pilot eine Wasserlandung fertiggebracht hat, sind bestimmt ein paar Passagiere aus der Maschine rausgekommen, bevor sie untergegangen ist…

STIMME *(aus dem Off)*: Der glücklichen Gewinnerin, dem glücklichen Gewinner winkt das hübsche Sümmchen von 60 Millionen Euro. Damit lässt sich gelassen in die Zukunft blicken… *(Christelle macht das Radio aus.)*

JÉRÔME: Das ist ja…

PATRICK: Was?

JÉRÔME: Ach, nichts, nichts…

CHRISTELLE: Du bist doch auch schon geflogen und kennst die Sicherheitsanweisungen, die von den Stewardessen vor dem Start demonstriert werden… die Sauerstoffmasken, die automatisch herunterfallen, die Schwimmwesten unter den Sitzen, die Notausgänge vorne und hinten, die Notrutschen etc. Da gibt es doch ein typisches Vorgehen bei Gefahr, da ist für alles vorgesorgt…

Jérôme holt mehr oder weniger unauffällig seinen Ausweis vom Jobcenter aus der Tasche und sieht nach.

PATRICK: Das Flugpersonal - denen hört doch sowieso niemand zu…

JÉRÔME *(zu Christelle, die ihm aber nicht zuhört)*: Ey, ich fass es nicht!

PATRICK: Sag mal, Jérôme, hast *du* schon mal aufgepasst, was die Stewardessen da immer runterleiern?

JÉRÔME *(vollkommen geistesabwesend)*: Hä? Was? Wer?

PATRICK *(zu Christelle)*: Siehst du? Hab ich's dir nicht gesagt?

CHRISTELLE *(zu Jérôme)*: Die Stewardess – was demonstriert die vor dem Start? Bei… Druckabfall in der Maschine?

JÉRÔME *(flippt aus)*: Die... Die Fallschirme unter den Sitzen... der Schnorchel, der von der Decke fällt... die Schwimmflossen im Handschuhfach, meinst du das?

Christelle wirft Jérôme einen vorwurfsvollen Blick zu.

CHRISTELLE *(zu Patrick)*: Und angerufen hat dich niemand?

PATRICK: Nathalie liegt bestimmt schon auf dem Meeresgrund – wie soll sie mich da anrufen?

Jérôme hat völlig geistesabwesend den Fernseher wieder eingeschaltet.

STIMME *(aus dem Off)*: ... Hier noch einmal die Gewinnzahlen der heutigen Lotto-Ziehung von Freitag, dem 13.: 1-5-2-7-9-6. Zusatzzahl: 10. Gewinnsumme 60 Millionen Euro.

Jérôme sieht noch einmal genau auf seinem Ausweis vom Jobcenter nach.

JÉRÔME: Boah. Ich krieg mich nicht mehr...

Christelle macht den Fernseher wieder aus.

CHRISTELLE: Nee, ich wollte sagen... Die haben doch bestimmt ein psychologisches Beratungs-Team, so was wird doch immer gleich eingesetzt... um die Angehörigen zu verständigen... und sie zu betreuen und so...

JÉRÔME *(zu Christelle)*: Du, kann ich dir was sagen?

CHRISTELLE: Was denn?

JÉRÔME: Nicht hier...

Das Handy von Nathalie schnarrt.

CHRISTELLE: Siehst du, das sind die bestimmt...

PATRICK: Ich weiß nicht, ob ich das wissen will...

Das Handy schnarrt weiter.

CHRISTELLE: Soll ich für dich rangehen?

PATRICK: Ja, sei so gut...

Christelle nimmt das Gespräch an.

CHRISTELLE: Hallo... Ja... Nein... Ach so, klar ... Wirklich?... Nein, nicht nötig... Doch, doch, wir sind natürlich überglücklich. Ok, danke...

Christelle legt auf.

PATRICK: Und?

CHRISTELLE *(wie in Trance)*: Das war der Frauenarzt von Nathalie… Wegen der Untersuchungsergebnisse…

PATRICK: Und…?

CHRISTELLE: Na, sie ist wirklich schwanger…

PATRICK *(dem Zusammenbruch nahe)*: Das ist jetzt nicht wahr…

CHRISTELLE: Soll ich dir noch ein Glas Wein einschenken?

PATRICK: Ja, gerne…

    Christelle füllt Patricks Glas nach.

JÉRÔME *(zu Christelle)*: Du … ich muss dir *unbedingt* was sagen…

CHRISTELLE *(zu Jérôme)*: Muss das wirklich *jetzt* sein?

JÉRÔME: Ehrlich, es ist total wichtig…

    Patricks Blick fällt auf das Ölgemälde.

PATRICK: Schon merkwürdig, dieses Bild, findet ihr nicht auch?

CHRISTELLE: Hm… Ja, schon ein wenig…

    Christelle reicht ihm das Glas rüber.

PATRICK: Der Typ, der das gemalt hat, muss echt depressiv gewesen sein. *(Zu Jérôme)* Ist das ein Freund von dir?

JÉRÔME: Ja, naja… Er kommt aus Ungarn, glaub ich.

PATRICK: Das sieht man. *(Zu Jérôme)* Hat er sich umgebracht?

CHRISTELLE: Nee, noch nicht, leider…

    Patrick leert sein Glas in einem Zug.

PATRICK *(zu Christelle)*: Schenkst du mir noch ein Glas ein?

CHRISTELLE: Du solltest vielleicht nicht so viel trinken, weißt du… Wo Leben entsteht, gibt es doch auch Hoffnung … Vergiss nicht, du wirst noch mal Vater…

JÉRÔME *(weiß nicht, was er sagen soll)*: Unverhofft kommt oft.

Christelle durchbohrt ihn mit Blicken.

JÉRÔME *(zu Christelle)*: Ich muss jetzt wirklich mit dir reden…

PATRICK: Du hast recht, mir dreht sich alles. Ich geh mal raus auf euern Balkon, ein bisschen frische Luft schnappen.

CHRISTELLE: Soll ich mitkommen?

PATRICK: Ist lieb von dir. Aber ich brauche einen Moment für mich.

CHRISTELLE: Ok.

Patrick geht auf den Balkon. Jérôme wartet ungeduldig darauf, dass er endlich draußen ist.

JÉRÔME: Du wirst nie draufkommen, was uns bevorsteht…!

CHRISTELLE *(mit den Gedanken anderswo)*: Schwanger… Das kann doch nicht wahr sein?

JÉRÔME: Du bist schwanger? Das ist doch toll! Vor einer Viertelstunde wär das für mich noch eine Naturkatastrophe gewesen, ehrlich gesagt. Aber jetzt sehe ich alles durch die rosarote Brille. Und weißt du auch, warum ?

CHRISTELLE: Aber das bin doch nicht *ich*, die schwanger ist!

JÉRÔME: Ach, so. Aber was mich betrifft…

CHRISTELLE: Wieso hört ihr Männer nie zu, wenn man mit euch redet…

JÉRÔME: Also, wer ist denn jetzt schwanger?

CHRISTELLE: Nathalie! Begreifst du nichts? Da erfährt Patrick, dass seine Frau mit dem Flugzeug abgestürzt ist und dann im selben Atemzug, dass Nathalie ein Kind von ihm erwartet hat…

JÉRÔME: Woher willst du wissen, dass es seins ist?

CHRISTELLE *(verdrossen)*: Weiß ich auch nicht… Weibliche Intuition…? Die ersten zwei waren von ihm und er ist ihr Mann – da ist mir sein Name irgendwie als erstes eingefallen. Ist bescheuert, oder?

JÉRÔME: Egal, darum geht's jetzt gar nicht... Weißt du, was?

CHRISTELLE: Was denn?

JÉRÔME: Wir haben gewonnen!

CHRISTELLE *(mit Blick zum Balkon)*: Mein Gott!

JÉRÔME: Da ist man erst mal baff, was?

CHRISTELLE: Der Patrick, der klettert übers Balkongeländer!

Jérôme dreht sich um und sieht, was los ist.

JÉRÔME: Booah, auch das noch! Wie lange will er uns *noch* nerven!... Soll er doch springen - dann haben wir unsere Ruhe. Wobei... wir sind ja nur im ersten Stock, da holt er sich höchstens ein paar Kratzer...

Christelle geht zum Fenster, ohne auf ihn zu hören.

CHRISTELLE: Patrick, ich flehe dich an! Tu's nicht! Denk an deine Kinder! Es ist Weihnachten...

PATRICK: Versprich mir: wenn ich springe, dann kümmerst du dich um sie. Nicht, dass das Jugendamt sie in die Hände kriegt, versprochen?

CHRISTELLE: Ja, ich verspreche es dir...

JÉRÔME: Das hat uns gerade noch gefehlt.

CHRISTELLE: Ich meine: nein, spring nicht! *(zu Jérôme)* Sag doch du auch mal was!

JÉRÔME: Um die Kinder kann sich doch deine Mutter kümmern, oder?

PATRICK: Dann lieber das Jugendamt!

CHRISTELLE: Ich glaub, wir rufen besser die Feuerwehr...

JÉRÔME: Nee, schon gut, es brennt doch nirgends. Ich krieg ihn schon von da runter...

PATRICK: Bleibt, wo ihr seid, sonst springe ich.

CHRISTELLE: Was machen wir jetzt?

JÉRÔME: Warte, ich komm gleich wieder...

CHRISTELLE: Lass mich jetzt bloß nicht allein!

Jérôme verschwindet im Flur.

PATRICK *(pathetisch)*: Ich stürze mich auch in die Tiefe. Wie ein Flugzeug ohne Tragfläche. Bald sind Nathalie und ich wieder vereint.

CHRISTELLE: Glaubst du wirklich, dass sie das von dir erwartet? Ich meine, ihr wäre es bestimmt lieber, dass du am Leben bleibst und dich um eure Kinder kümmerst. Und dann stell dir mal vor: wenn sie überhaupt nicht tot ist: sie klingelt unten und du liegst zerschellt unter unserem Balkon.

Es klingelt. Nicht an der Wohnungstür, sondern auf Patricks Handy.

CHRISTELLE: Ah, siehst du? Vielleicht ist sie's ja... Worauf wartest du noch, geh ran...

PATRICK *(zögernd)*: Soll ich...?

CHRISTELLE *(in die Richtung, in die Jérôme gegangen ist)*: Hoffentlich ist das nicht noch mal die Frauenärztin, die jetzt damit kommt, dass es Zwillinge sind...

PATRICK: Ja, am Apparat... Und da gibt es wirklich keinen Zweifel?... Gut. Nein, keine Sorge... Ok, danke, ich hab das Handy immer bei mir.

CHRISTELLE: Und? Neuigkeiten?

PATRICK: Das waren sie, die Leute vom psychologischen Beratungs-Team.

CHRISTELLE: Und? Was sagen sie!

PATRICK: Sie haben Überlebende gefunden... Vielleicht ist Nathalie dabei...

CHRISTELLE: Das ist ja super! Siehst du? Stell dir vor, du wärst ausgerechnet jetzt gesprungen, in deiner Verzweiflung...

Jérôme kommt wieder.

JÉRÔME: Dann hätte er sich wenigstens den Knöchel verstaucht...

CHRISTELLE: So! Jetzt komm schon runter... *(zu Jérôme)* Das psychologische Beratungsteam hat ihn gerade angerufen. Sie haben Überlebende gefunden.

JÉRÔME : Ich weiß...

CHRISTELLE: Ach, hast du's mitbekommen?

JÉRÔME: Das war *ich*, der angerufen hat.

CHRISTELLE: Wie bitte?

JÉRÔME: Irgendwie musste man ihn ja von da runter-kriegen.

Patrick kommt wieder ins Wohnzimmer.

PATRICK: Du hast recht… Ich muss einfach dran glauben. Ich spüre, dass Nathalie noch am Leben ist. Ich weiß es einfach.

Christelle blickt Jérôme strafend an.

CHRISTELLE: Du darfst jetzt aber nichts überstürzen. Woran wollen sie Nathalie unter den Überlebenden erkennen?

PATRICK: Sie konnten eine Frau lokalisieren, die sich an einem Koffer festgehalten und „Patrick, Patrick" geschrien hat.

Christelle sieht noch einmal böse zu Jérôme.

PATRICK: Woher wissen die eigentlich, dass ich Patrick heiße?

CHRISTELLE: Frag ich mich auch.

JÉRÔME: Also, ich mach jetzt die Balkontür zu, ok? Lass ihn bloß nicht wieder in die Nähe!

CHRISTELLE: Und was sagen wir ihm, wenn das echte Beratungs-Team anruft?

JÉRÔME: Dass an Bord der Maschine bestimmt mehrere weibliche Passagiere waren, deren Ehemann Patrick heißt…

PATRICK: Ich hab komplett vergessen, die Telefonnummer zu speichern… Ich wollte die nämlich noch fragen, ob ich vor Ort bei der Suche helfen kann. Na, ich drücke einfach auf Wahlwiederholung…

CHRISTELLE *(sehr bestimmt)*: Das würde ich nicht machen, an deiner Stelle …

Erstaunter Gesichtsausdruck von Patrick.

CHRISTELLE: Weißt du, die sind sicher vollkommen überlastet. Die rufen garantiert an, sobald sie was Genaueres wissen…

JÉRÔME: Ich *muss* mit dir reden.

CHRISTELLE: Na, sag schon.

JÉRÔME: Nicht hier.

CHRISTELLE: Wir können ihn nicht allein lassen. Stell dir nur vor, die Polizei ruft an, um ihm zu eröffnen, dass Nathalie umgekommen ist – dann wird er noch mal versuchen, vom Balkon zu springen.

JÉRÔME: Dann gehen eben *wir* auf den Balkon!

CHRISTELLE: Ich bin enttäuscht von dir, Jérôme … Echt enttäuscht… Ich dachte, dass du mehr für deine Freunde übrig hast…. Es geht um Patrick! Deinen Schulkamerad! Und um Nathalie, meine beste Freundin! Sie waren unsere Trauzeugen. Da kann man doch mal *einen* Abend opfern, um ihm bei so einem Unglück beizustehen.

JÉRÔME: Wir haben im Lotto gewonnen.

CHRISTELLE: Wie viel?

JÉRÔME: 60 Millionen.

PATRICK: Ich könnte doch noch ein Glas Wein vertragen. Das ist alles zu viel für mich…

CHRISTELLE *(schroff)*: Du hast ja allmählich mitgekriegt, wo die Karaffe steht! Oder sollen wir den ganzen Kanister servieren, samt Strohhalm?

Patrick ist betroffen.

PATRICK: Na gut, ich verzieh mich dann wohl besser. Ich bin euch schon genug auf die Nerven gegangen.

Christelle reißt sich zusammen.

CHRISTELLE: Tut mir leid. Ich hab's nicht so gemeint. *(Sie schenkt ihm noch ein Glas Wein ein)* Das geht uns allen an die Nieren... Aber du musst auch was essen, sonst kriegst du's noch mit dem Magen… *(Leise zu Jérôme, während Patrick sein Glas hinunterkippt)* Ich glaube, das ist jetzt der richtige Moment, um ihm deine Artischocken-Pastete zu verabreichen…

Jérôme geht kurz in die Küche.

CHRISTELLE: Sie war uns ja auch sehr nahe gestanden. Deswegen sind wir von Nathalies Tod so erschüttert. *(Korrigiert sich)* Ähm,… ich meine, von der entfernten Möglichkeit, von ihr Abschied nehmen zu müssen… Andererseits … man muss loslassen können? Man lebt nur einmal.

Jérôme kommt mit einem Stück Artischocken-Pastete zurück, das er Christelle gibt.

CHRISTELLE *(gibt die Pastete an Patrick weiter)*: Die guten Dinge im Leben muss man sich einfach gönnen… *(Patrick beißt in das Stück hinein)*

PATRICK: Nicht übel. Was ist das?

CHRISTELLE *(schwindelt)*: Ums Essen hat sich diesmal Jérôme gekümmert. Was war das nochmal, Jérôme?

PATRICK *(mit vollem Mund)*: Schon gut. Solange es nichts mit Artischocken ist. Das ist das einzige Zeug, gegen das ich allergisch bin. Ich weiß nicht mal mehr, wie das schmeckt. Ich hab's nur ein einziges Mal gegessen, bei meiner Großmutter in der Bretagne – und bin dann in der Notaufnahme aufgewacht…

Die beiden anderen sehen sich bestürzt an.

PATRICK: Der Vorteil bei Artischocken ist, dass man es gleich merkt, wenn man eine isst…

Christelle reißt ihm das Pasteten-Stück aus der Hand.

CHRISTELLE: Zeit fürs Dessert, nicht?

Patrick ist verdutzt und kämpft gleichzeitig mit Magenschmerzen.

PATRICK: Ich glaub, ich muss kotzen… Normalerweise esse ich alles. Vor allem so etwas Leckeres… Das muss der Stress sein…

Er entfernt sich Richtung Toilette. Kaum sind sie alleine, platzt Christelle vor Aufregung.

CHRISTELLE: Bist du sicher?

JÉRÔME *(zeigt seinen Ausweis)*: Hier, die Nummer vom Jobcenter! Genau die ist drangekommen! Haben sie eben im Radio durchgegeben! Hast du's nicht gehört? 60 Millionen… stell dir vor, was wir alles damit machen können! Davon können wir uns einen Airbus kaufen, zumindest einen gebrauchten, gut erhaltenen…

CHRISTELLE: Das ist der absolute Wahnsinn!

Jérôme schenkt zwei Gläser Wein ein und gibt eins Christelle, um mit ihr anzustoßen.

JÉRÔME: Hier, trink ein letztes Mal Pennerglück vom Discounter, nur damit du dich erinnerst, wie das schmeckt. So bald wirst du so was nämlich nicht mehr trinken wollen… *(Sie stoßen an)*

CHRISTELLE: Der Wahnsinn! Und das ist auch kein Witz?

JÉRÔME: Ich kann's ja selber nicht glauben. Aber ich hab die Nummer drei Mal nachgeprüft. Ich schwör dir, wir haben gewonnen. Den Jackpot, an einem Freitag, den 13.

Patrick kommt zurück.

CHRISTELLE: Du errätst nie, was wir gerade erfahren haben!

PATRICK: Haben sie nochmal angerufen? Ist sie's? Ist sie noch am Leben?

JÉRÔME *(verlegen)*: Ähm, nein… Die sind sich noch nicht sicher…

CHRISTELLE: Aber sie haben einen Koffer gesichtet, der so ähnlich aussieht wie ihrer. Ein Koffer Marke Vuitton. Er treibt auf dem Wasser…

PATRICK: Und was ist daran erfreulich?

CHRISTELLE: N a j a … *(aufgeregt, fast hysterisch)* Wir kriegen den Koffer wieder!

Jérôme macht eine Geste, um Christelle zu beruhigen.

JÉRÔME: Ihre Nerven gehen mit ihr durch.

PATRICK: Ihr habt Recht. Diese Warterei ist unerträglich… Selbst wenn sie noch lebt… allein die Vorstellung: Nathalie – ganz alleine, wie sie sich an ihren Koffer klammert, mitten im Ärmelkanal, und das auch noch im Winter… Und wir sitzen hier schön im Warmen… bei der

Vorstellung gefriert mir das Blut in den Adern… *(Pause)* Bei euch ist es aber auch nicht besonders warm? Oder liegt das nur an mir?

JÉRÔME *(in Anspielung)*: Jetzt können wir die Heizung ja wieder anmachen, oder, Christelle? Ich dreh sie gleich mal voll auf…

Er geht kurz raus, um die Heizung anzumachen.

PATRICK: Was meinst du – wie lange hält man im Ärmelkanal durch, bei diesen eisigen Dezember-Temperaturen?

CHRISTELLE: Kommt drauf an… Sie war schon immer eher der kälteempfindliche Typ, oder?

PATRICK: Ja… Furchtbar…

Jérôme kommt zurück.

JÉRÔME: Ich hab das Thermostat auf 25 gestellt. *(Zwinkert Christelle zu)* Damit wir nicht gleich einen Hitze-Schock kriegen, wenn wir unvorhergesehen in die Karibik verreisen sollten.

PATRICK: Ihr fahrt in Urlaub?

JÉRÔME: Nee… naja… warum eigentlich nicht?

PATRICK: Nehmt bloß kein Flugzeug…

CHRISTELLE: Ist vielleicht klüger. Das Gesetz der Serie… Und eine gute Meerwasserkur mit 5-Sterne-Hotel in der Bretagne ist auch nicht zu verachten… Wenn's drum geht, in ein neues Leben zu starten…

PATRICK: Ihr habt Recht, wenn ihr euer Leben genießen wollt … Ihr sehr ja, was für ein Spiel das Schicksal mit einem treibt! Gerade verbringt man noch einen ruhigen Freitagabend mit Freunden - und eh man sich's versieht, ist man Witwer...

CHRISTELLE: Tja… *(Es bricht aus ihr heraus)* Oder Multi-millionär!

PATRICK: Ach… wir haben uns ja nicht mal eine Lebensversicherung leisten können… Es ist schon komisch: sie hat erst vor kurzem davon gesprochen… Damit wir wenigstens Geld für das Studium von den Kindern ansparen, wenn es mal ganz eng wird… Sie muss etwas gespürt haben... so was wie eine schlimme Vorahnung...

JÉRÔME: Tja... Na, *wir* haben nicht damit gerechnet, kann ich dir nur sagen. Ist einfach passiert...

CHRISTELLE *(zu Patrick)*: Es muss ja nicht zum Schlimmsten kommen...

JÉRÔME: Da ist man baff... Das müssen wir auch erstmal verdauen.

PATRICK: Habt *ihr* eine?

CHRISTELLE: Eine was?

PATRICK: Eine Lebensversicherung! Oder eine Sterbeversicherung...

JÉRÔME: Wir haben was Besseres, kannst du mir glauben.

PATRICK: Wenn sie da lebend herauskommt, werde ich mein Leben umkrempeln...

CHRISTELLE: Wir auch, da kannst du Gift drauf nehmen.

PATRICK: Alle diese kleinen Opfer, die man jeden Tag bringt und sich dabei sagt, dass man alles später nachholt... Von wegen... Besser, man lebt in den Tag hinein ... und denkt nicht an Morgen...

JÉRÔME: Genau. Ich, ich höre morgen auf zu arbeiten.

PATRICK: Ich dachte, du bist arbeitslos?

JÉRÔME: Jaja, dann höre ich eben auf, mich nach Arbeit umzusehen.

PATRICK: Aber irgendwie muss man ja die Kohle einfahren. Und ein bisschen was auf die Seite legen. Weil - bei unserer Rente... Aber für Nathalie wird die Rentenkasse nicht viel rausrücken müssen, so wie es aussieht...

CHRISTELLE: Sag doch so was nicht!

PATRICK: Wie soll ich die beiden Kleinen allein durchbringen?

CHRISTELLE: Wir sind doch auch noch da... Nicht, Jérôme? Wir können dir ja einen abnehmen, um dich etwas zu entlasten!

JÉRÔME *(wenig begeistert)*: Naja, wenn's sein muss...

Patrick: Ist lieb von euch… Aber wir schulden euch ja schon 1.000 Euro…

Christelle: Ach, weißt du was? Die schenken wir euch, die 1.000 Euro. Auf die kommt's uns nicht mehr an, nicht, Jérôme?

Jérôme: Ja, ja, nee… Klar…

Patrick *(gerührt)*: Das ist für mich wirklich eine große Unterstützung, dass ich auf Freunde wie euch zählen kann. …Ich weiß, was 1.000 Euro für euch bedeuten… Gerade jetzt, wo Jérôme keine Arbeit hat. Wenn ich meine Bank bitten würde, mir die 1.000 Euro zu leihen – ich weiß nicht, ob die das machen würden. Bei dem ganzen Geld, das sie verdienen, indem sie auf unsere Kosten spekulieren.…Und *ihr* habt nicht mal genug Geld, um mitten im Dezember die Heizung aufzudrehen… Außer wenn ihr jemanden eingeladen habt … Übrigens, ist jetzt ganz schön warm hier drin, findet ihr nicht? Ich will eure Heizkostenrechnung nicht in die Höhe treiben…

Jérôme: Ich dreh sie wieder ein wenig runter…

Jérôme geht wieder kurz raus.

Patrick: Wie soll ich das bloß den Kindern beibringen?

Christelle: Im Moment schlafen sie, oder?

Patrick: Aber die werden wohl eines Tages wieder aufwachen…

Christelle: Hör mal, auch wenn ich das vielleicht für mich behalten sollte: ich kann es immer noch nicht fassen, dass sie tot ist. Nicht heute Abend…

Patrick: Wieso: nicht heute Abend?

Christelle: Ich weiß nicht, irgendwie… nach dem, was du vorhin über deinen Vater erzählt hast. Dass der ausgerechnet bei der Geburt von deinem Sohn gestorben ist. Als ob er dir eins auswischen wollte.

Patrick: Du meinst, dass Nathalie sich gerade heute entschlossen hat, mit dem Flieger abzustürzen, um uns den Abend zu verderben?

Jérôme kommt zurück.

CHRISTELLE *(wechselt lieber das Thema)*: Wie wär's, wenn wir den Fernseher wieder einschalten, um die Gewissheit zu haben... Jetzt kommen gleich die Lotto-Zahlen... ich meine, gleich danach kommen die Nachrichten...

Das Handy von Patrick klingelt, gerade als Christelle den Fernseher einschalten will. Patrick ist wie gelähmt und zögert abzunehmen, aber greift dann doch nach dem Handy.

PATRICK: Ja...? Ja, das bin *ich*... *(Zu Christelle und Jérôme)* Das sind sie! Das psychologische Beratungsteam... Ja...? Ja, ich bin noch dran...

Den beiden anderen ist das sehr peinlich.

PATRICK: Aber sie hatten uns gesagt, dass... Ja, gut... Ok... Danke...

Er legt auf.

PATRICK: Sie haben fünf Überlebende gesichtet, die sich an Trümmern des Flugzeugs festklammern... Eventuell auch sechs...

JÉRÔME: Die Zusatzzahl.

PATRICK: Jetzt versuchen sie, die in einen Hubschrauber zu hieven, aber das Wetter über dem Ärmelkanal ist ganz übel... Die Identität ist noch ungeklärt.

CHRISTELLE: Sie werden dich sicher gleich benachrichtigen, wenn die Ziehung zu Ende ist... Äh, ich meine natürlich die Rettung.

PATRICK: Nee, ihr habt ganz recht... Das ist wie beim Lotto. Schrecklich, diese Warterei... Als ob ich Lotto gespielt hätte und darauf warten müsste, dass die Gewinnzahlen bekannt gegeben werden.

CHRISTELLE: Genau... Als ich Jérôme geheiratet habe, war's dasselbe... Wie viele Passagiere waren eigentlich in der Maschine?

PATRICK: Keine Ahnung... Bei so einem Kurzstreckenflug...

JÉRÔME: Na, nehmen wir mal an: 100 Passagiere. Bei 5 Überlebenden macht das eine Chance von 1 zu 20. Eindeutig besser als beim Lotto.

PATRICK: Ich hab noch nie Glück im Spiel gehabt.

CHRISTELLE: Ach, weißt du: „Das Glück ist ein Rindvieh - und sucht seinesgleichen."

PATRICK: Ein Glück, dass ihr da seid, sonst…

CHRISTELLE: Willst du dich nicht ein bisschen hinlegen, im Schlafzimmer?

PATRICK: Und wenn sie wieder anrufen…?

JÉRÔME: Das kann doch noch Stunden dauern… Bei *dem* Sturm… So eine Bergung auf hoher See, bei diesen Bedingungen, das ist Feinarbeit… Ist nicht ausgemacht, dass sie die lebend herausfischen… Bei einer Wassertemperatur von zwei, drei Grad, überleg mal…

PATRICK: Ich werd sowieso nicht schlafen können.

CHRISTELLE: Ich kann dir ein Schlafmittel geben, wenn du willst.

PATRICK: Das bringt nichts, in meinem Zustand..

CHRISTELLE: Du kannst auch zwei oder drei davon nehmen. Die sind nicht so stark…

PATRICK: Das ist echt lieb, aber ich werde jetzt nicht auch noch euer Schlafzimmer belegen...

CHRISTELLE: Ach, weißt du, wir werden auch nicht schlafen können, also…

PATRICK: Danke… Ehrlich, ich hab nicht geglaubt, dass euch das alles genauso mitnimmt wie mich… *(Schaut auf sein Handy)* Scheiße, ich hab auf Anrufbeantworter gestellt, im Reflex… Ich schau noch mal nach, ob Nachrichten reingekommen sind…

> *Er geht ein paar Schritte zur Seite, um seine Sprachbox abzuhören.*

JÉRÔME *(zu Christelle)*: Wir werden ihn nicht mehr los… *(Patrick kommt zurück)*

PATRICK: Nein, noch immer nichts…

CHRISTELLE: Naja, es ist ja auch erst fünf Minuten her, dass sie angerufen haben…

JÉRÔME: Und dann, weißt du, unter uns gesagt… Bei einer Chance von 1 zu 20… Da machst du dich besser auf das Schlimmste gefasst.

PATRICK: Aber vorhin hast du doch noch gesagt..

CHRISTELLE: Wir wollen nur nicht, dass du dir falsche Hoffnungen machst… Oder, Jérôme?

JÉRÔME: Ehrlich gesagt: gut sieht's nicht aus…

CHRISTELLE: Jérôme will damit sagen, mit seinen Worten, dass du es noch früh genug erfährst, wenn Nathalie umgekommen ist… Aber jetzt brauchst du vor allem etwas Schlaf… Soll ich dir ein Taxi rufen…?

PATRICK: Nicht nötig, ich bin mit dem SUV gekommen.

CHRISTELLE: Ach, stimmt ja.

PATRICK: Dabei… ich weiß nicht, ob ich in meinem Zustand fahren kann.

Jérôme und Christelle tauschen einen gereizten Blick aus.

PATRICK: Aber du hast recht, ich werde mich ein bisschen in eurem Schlafzimmer ausruhen. Ich werde zwar nicht schlafen können, aber… ich glaub, es wird mir gut tun, ein bisschen für mich zu sein…

JÉRÔME: Ja, uns auch… Das verstehen wir sehr gut. Nicht, Christelle?

PATRICK: Also, ich bin dann mal nebenan…

CHRISTELLE: Mach mal…

Patrick geht aus dem Wohnzimmer, unter den erleichterten Blicken von Jérôme und Christelle, die ihrer Freude freien Lauf lassen, als er verschwunden ist.

JÉRÔME: Der Wahnsinn! 60 Millionen!

Patrick kommt zurück. Jérôme und Christelle halten den Atem an.

PATRICK: Ich hab nur mein Handy vergessen… (*Patrick nimmt es und geht wieder raus.*)

CHRISTELLE: Solange ich deinen Lottoschein nicht gesehen habe, glaub ich nicht daran. Zeig ihn mal her…

JÉRÔME: Wart mal, ich hol ihn… *(Steht auf und macht einen Schritt)* Scheiße, der ist im Schlafzimmer… Na, wenn wir Glück haben, schläft er ein und geht uns nicht die ganze Zeit auf den Keks. Also, besser, wir wecken ihn nicht auf… Wir können uns ja in der Zwischenzeit den Schampus einflößen? Zur Feier des Tages…

CHRISTELLE: Im Schlafzimmer? Da hab ich aber nichts rumliegen sehen… Du hast ihn doch hoffentlich nicht verloren, den Lottoschein? Wenn er vom Nachttisch runtergefallen ist… dann hat ihn der Staubsauger geschluckt. Und da hab ich gestern einen neuen Staubbeutel reingemacht. Und den Mülleimer mit dem alten habe ich heute früh geleert…

JÉRÔME: Keine Sorge… Der ist gut aufgeräumt. *(Macht sich daran, die Flasche Champagner aufzumachen)* Ich versuch, den Korken nicht zu sehr knallen zu lassen… damit er nicht gleich wieder aufwacht.

CHRISTELLE: Gut aufgeräumt…? Wo denn…?

JÉRÔME: In meinem Vuitton-Koffer. Oben auf dem Schrank… In der Innentasche… Ich hab ihn nicht einmal rausgenommen, als ich aus der Normandie zurückgekommen bin… Ich hatte ja sogar vergessen, dass ich Lotto gespielt habe, echt unglaublich…

CHRISTELLE *(bestürzt)*: Meinst du wirklich deinen Koffer von Vuitton?

JÉRÔME: Ja doch … Meinen Koffer halt.. Sag bloß nicht, dass du auch den Inhalt aufgesaugt hast… *(Jérôme merkt, wie verlegen Christelle ist)* Was ist?

CHRISTELLE: Nathalie hatte keinen Koffer für den Flug nach Straßburg… Und hat mich gefragt, ob ich ihr einen leihen kann.

Jérôme lässt den Korken los, der mit einem kräftigen Knall durch den Raum fliegt.

JÉRÔME: Du hast ihr meinen Koffer geliehen? Du hast sie mit meinem Vuitton-Koffer in diesen verrotteten Billigflieger einsteigen lassen?

CHRISTELLE: Also, nur zur Erinnerung, der Vuitton-Koffer war kein echter… Nur ein nachgemachter, den wir in Triest gekauft haben, auf dem Rückweg aus dem FUI-Club in Korsika.

JÉRÔME: Mit unserem 60-Millionen-Gutschein drin! Damit hätten wir die Fabrik aufkaufen können, in der sie die echten Koffer herstellen…

Patrick erscheint wieder.

PATRICK: Ich hab was knallen hören und bin aufgewacht… *(sieht die mitgenommenen Gesichter der beiden)* Ihr seht elend aus… Habt ihr Neuigkeiten?... Schlechte Nachrichten, ist es das? Und ihr traut euch nicht, damit rauszurücken?

JÉRÔME *(zerknittert)*: Kann man so sagen…

PATRICK: Herrgott nochmal…!

CHRISTELLE: Nee, du… Es geht gar nicht um Nathalie…

JÉRÔME: Ein bisschen schon…

CHRISTELLE: Jérôme hat nicht gewusst, dass ich Nathalie seinen Koffer geliehen habe… Das hat ihn natürlich getroffen… Also… emotional getroffen, meine ich… Dass seine beste Freundin sich an seinen Koffer klammert, mitten im Ärmelkanal… Völlig den Haien ausgeliefert…

PATRICK: Was, da gibt's Haie, im Ärmelkanal?

CHRISTELLE: Keine Ahnung, hab ich mir nur so vorgestellt…

PATRICK: Auch das noch, der Koffer… Wir schulden euch schon 1.000 Euro, die wir euch nicht so bald zurückzahlen können. Und jetzt kommt auch noch euer Vuitton-Koffer dazu – den werdet ihr auch nicht wiedersehen. Gut, dass es kein echter war…

CHRISTELLE: Noch ist nicht alles verloren. *(Sie sieht zu Jérôme)* Ich meine, wir können noch hoffen, dass sie Nathalie finden… und den Koffer.

JÉRÔME: Meinst du das wirklich?

CHRISTELLE: Ein Koffer schwimmt besser als eine Leiche! Wenn du an die Bilder denkst, die man nach einem

Flugzeugabsturz im Fernsehen sieht. Was treibt auf dem Wasser? Die Koffer!

JÉRÔME: Tja… Vorausgesetzt, sie sind nicht zu schwer…

CHRISTELLE *(zu Patrick)*: Hat sie viel Zeug dabei gehabt, in ihrem Koffer?

PATRICK: Sie war nur eine Nacht im Hotel Ibis, in Straßburg, viel hat sie nicht mitgenommen.

Jérôme und Christelle schöpfen Hoffnung.

PATRICK: Außer natürlich ihre Ansichtskataloge. Papier wiegt ja gleich eine Tonne. Ich hab den Koffer kaum in den Wagen heben können, als sie losgefahren ist. Aber wenigstens hatte er Rollen. Sind gar nicht so schlecht gemacht, diese nachgemachten Koffer. Ist nur vernünftig, sich keinen echten für teures Geld zuzulegen… Aber wieso wollt ihr wissen, was in dem Koffer drin war?

CHRISTELLE: Naja, wenn er schwimmt, kann sich Nathalie dran festklammern. Wie an einer Boje…

PATRICK: Hmm. Aber bei *dem* Koffer nicht… Da hätte sie sich gleich an einen Amboss klammern können. Und außerdem sind die Koffer eh im Frachtraum, oder? Säuft alles mit der Maschine ab, Richtung Meeresboden…

Christelle ist untröstlich. Jérôme wirft ihr einen finsteren Blick zu.

CHRISTELLE: Manchmal orten sie doch so ein Flugzeugwrack und bergen es. Dann haben sie die Black Box und können die Absturzursache klären. Und vor allem alles rausholen, was drin ist, die Koffer – ähm, ich meine: die Körper… damit die Familien ihre Trauerarbeit aufnehmen können…

JÉRÔME: Glaubst du?

CHRISTELLE: Ach, bestimmt! Ich weiß nicht warum, aber ich bin guter Hoffnung. Oder, Patrick?

PATRICK: Hmm. Ja, wenn du das sagst…

CHRISTELLE: Wir haben doch Freitag, den 13.?

PATRICK: Ich hab nie durchschaut, ob das Glück oder Unglück bringt…

CHRISTELLE: Na… ein bisschen von beidem!

JÉRÔME: Bist du Hundert Prozent sicher, dass sie mit dem Koffer gereist ist?

PATRICK: Ja, leider! Und mit der *Discount Airways*! ... Ich hab ihr ja noch selber den Flug im Internet gebucht...

JÉRÔME *(hysterisch)*: Mit *meinem* Koffer, verdammt noch mal! Mit meinem Scheißkoffer!

> *Patrick ist einigermaßen verwirrt.. Christelle gibt Jérôme zu verstehen, dass er sich beruhigen soll.*

PATRICK: Gut, ich glaub, ich verzieh mich jetzt wirklich... Ich werde bei meiner Mutter übernachten. Dann bin ich wenigstens bei den Kindern, wenn sie aufwachen. Und wenn ich Neuigkeiten habe, egal ob gute oder schlechte, gebe ich euch Bescheid. Versprochen.

JÉRÔME: 60 Millionen... 60 Millionen, fuck, fuck! Sagt mir, dass das ein Albtraum ist...

CHRISTELLE *(zu Patrick)*: Ja, ist vielleicht vernünftiger...

PATRICK: Mhm. Und ihr könnt schlafen.

JÉRÔME: Du glaubst doch nicht im Ernst, dass wir jetzt schlafen können?

PATRICK: Ich ruf euch morgen früh an... Ihr werdet es sowieso früh genug erfahren... Ich natürlich auch. Du hast recht, Christelle. Es kann noch Stunden dauern. Ich nehm gleich ein Schlafmittel, wenn ich bei Mama bin...

JÉRÔME: Nee... wir wollen's sofort wissen, wenn was rauskommt, oder, Christelle? Wir werden doch nicht rumsitzen wie auf glühenden Kohlen!

PATRICK: Ich bin ehrlich gerührt, wie sehr dich das mitnimmt... Ich weiß, dass Nathalie für dich wie eine Freundin war... aber ich hätte nicht gedacht, dass dir ihr Tod so nahegeht.

JÉRÔME: Ich schalte noch mal den Fernseher an.

STIMME *(aus dem Off)*: Die Gewinnzahl des Lotto ist, wie schon bekanntgegeben, die...

JÉRÔME: Wissen wir schon, es langt...

PATRICK *(beunruhigt, zu Christelle)*: Gib ihm besser auch ein Beruhigungsmittel, oder?

Jérôme zappt zu einem anderen Sender.

STIMME *(aus dem Off)*: Es ist zur Gewissheit geworden: Beim Absturz einer Maschine der *Discount Airways* über dem Ärmelkanal hat es keine Überlebenden gegeben. Was man bisher für Überlebende hielt, hat sich als eine Gruppe von Flüchtlingen herausgestellt, die versuchten, auf einem Floß zur englischen Küste zu gelangen. Sie wurden geborgen und werden derzeit in einer Charter-Maschine der selben Fluggesellschaft zurück in ihre Heimatländer geflogen. Ihnen sei an dieser Stelle eine gute Reise gewünscht... Wir schalten zurück in die Lotto-Zentrale, wo man noch immer nicht den oder die glückliche Gewinnerin der heutigen Ziehung ermitteln konnte...

Jérôme schaltet aus, dem Zusammenbruch nahe.

JÉRÔME: Mist nochmal... Keine Überlebenden..

Das Handy von Patrick klingelt. Er sieht nach, welche Nummer angezeigt wird.

PATRICK: Wenn es meine Mutter ist, geh ich nicht ran...

JÉRÔME: Mein Vuitton-Koffer...

PATRICK: Das *ist sie*...

CHRISTELLE: Wer – *sie*?

PATRICK: Nathalie... Das ist *ihre* Nummer, auf dem Display.

CHRISTELLE: Nein...

JÉRÔME *(beeindruckt)*: Du musst mir mal die Nummer von deiner Telefongesellschaft geben. Die sind echt gut drauf, was die Reichweite angeht...

CHRISTELLE: Los, geh schon ran!

PATRICK *(bleich, nimmt ab)*: Hallo?

Jérôme und Christelle hängen an seinen Lippen.

PATRICK: Nathalie? Von wo rufst du an? Ich kann dich kaum verstehen... Es ist, als ob du von ganz, ganz weit weg anrufst...

JÉRÔME: Na, *das* ist ja erstaunlich... Wo es keine Überlebenden gegeben hat...

PATRICK: Und du, kannst du mich hören…? Nathalie…? Hallo…? Hallo…? (*Er dreht sich zu den beiden anderen um, mit dramatischer Miene*) Die Verbindung ist unterbrochen…

Totenstille.

CHRISTELLE: Bist du dir wirklich sicher, dass *sie's* war?

PATRICK: Ich weiß nicht… Die Verbindung war sehr schlecht…

JÉRÔME: Isss nich wahr…!

PATRICK: Auf jeden Fall kam der Anruf eindeutig von *ihrem* Handy. Es war *ihre* Nummer…

JÉRÔME: Die Gewinnzahl…

CHRISTELLE: Vielleicht ist sie aus der Maschine geschleudert worden… Und hat es geschafft, sich an etwas festzuklammern…

JÉRÔME: An ihrem Koffer…

CHRISTELLE: Und hat dich gerade noch mit dem letzten bisschen aus ihrem Akku angerufen.

PATRICK: Puh… Die haben doch gesagt, dass es keine Überlebenden gibt… Ich hab gerade erst angefangen, mich damit abzufinden…

CHRISTELLE: Wunder werden wahr.

JÉRÔME: Ein Wunder… Jetzt müssen sie sie erst noch rechtzeitig orten, bevor die Haie sich über sie hermachen…

PATRICK: Könnt ihr euch Nathalie vorstellen, allein, bei diesem Sturm, mitten im Atlantik…

JÉRÔME: Du meinst: im Ärmelkanal…

CHRISTELLE: So groß ist der nicht, der Ärmelkanal…

PATRICK: Mitten in der Nacht, festgeklammert an deinen Koffer, mutterseelenallein im Ozean…

JÉRÔME: Im Ärmelkanal, hab ich gesagt!

PATRICK: Vielleicht ist sie abgetrieben… Wie sollen sie sie da finden…?

JÉRÔME: Das ist wie ein Koffer in einem Heuhaufen…

PATRICK: Ich versuch sie zurückzurufen… Auch wenn ihr Akku fast leer ist, kann sie uns vielleicht noch die Stelle beschreiben, wo sie ist. Das würde die Suche nach ihr erleichtern…

CHRISTELLE: Ja, aber wenn sie irgendwo mitten im Pazifik treibt…

JÉRÔME: Hey! Im Ärmelkanal!

Patrick wählt ihre Nummer und wartet angstvoll.

PATRICK: Es klingelt… Oh, Gott, ihre Sprachbox. Es ist gerade so, als ob ich eine Stimme aus dem Jenseits höre… Hallo, Nathalie? Wenn du diese Nachricht abhörst, dann sollst du wissen, wie sehr ich dich liebe. Und die Kinder auch. Ich bitte dich, Nathalie, versuche durchzuhalten. Für mich. Für die Kinder. Und für dich selbst natürlich. Bis die Einsatzkräfte dich gefunden haben. Ich umarme dich ganz fest, Liebling… Ach, und bevor ich's vergesse: dein Frauenarzt hat angerufen! Du bist schwanger, mein Schatz! Siehst du, du *musst* durchhalten!

Jérôme und Christelle sehen sich an, gerührt. Aber Patrick hat noch nicht aufgelegt.

PATRICK: Noch eines wollte ich dir sagen, Nathalie, um mein Gewissen zu erleichtern… falls ich nicht mehr die Gelegenheit dazu habe. Ich hab dich mal betrogen. Nur ein einziges Mal. Aber es war ohne Bedeutung, ehrlich… Es war mit unserer Putzhilfe. Aber jetzt, wo ich weiß, dass ich Vater werde … Ich umarme dich ganz fest, Liebling…

Patrick legt auf, völlig durcheinander. Die anderen sehen sich betroffen an.

CHRISTELLE: Also, wenn sie *jetzt* nicht durchhält..

Beklommenes Schweigen.

JÉRÔME: Du heiliger Strohsack, das Handy!

CHRISTELLE: Ich höre nichts…

JÉRÔME: Nee, ich meine das Handy von Nathalie – das können sie doch orten! Das müssen wir den Rettungskräften gleich sagen. Vielleicht gibt's ja noch Hoffnung, den Koffer wiederzufinden… Ich meine, Nathalie wiederzufinden… Was war denen ihre Nummer?

Patrick hält ihm sein Handy hin.

PATRICK: Da, die Nummer ist drauf gespeichert.

Jérôme nimmt das Handy von Patrick und klickt auf Wahlwiederholung.

JÉRÔME: Mist, kein Netz. Ich versuch's nochmal, auf dem Balkon.

Jérôme geht raus.

PATRICK: Ich weiß nicht, ob's richtig war, ihr das gerade jetzt zu gestehen.

CHRISTELLE: Wieso denn…?

PATRICK: Das war so vor drei Monaten. Mit Maria, unserer Putzfrau. Wir waren allein zu Hause. Ich weiß nicht, was in mich gefahren ist. Es war, als sie auf den Knien die Kloschüssel gescheuert hat, in ihrer kleinen weißen Schürze…

CHRISTELLE: Erzähl's Nathalie genau *so*… Dass diese Schlampe dich unverschämt scharf gemacht hat…

PATRICK: Und du, hast du Jérôme nie betrogen?

CHRISTELLE: Nach der Hochzeit nicht mehr…

PATRICK: Naja… Ihr seid ja erst ein halbes Jahr verheiratet. Aber vorher wart ihr immerhin schon 15 Jahre zusammen…

CHRISTELLE: Naja, also nein…

Jérôme kommt zurück, was Christelle sehr gelegen kommt, weil es ihr ausführliche Erklärungen erspart.

JÉRÔME: Alles ok, sie leiten sofort die notwendigen Schritte ein. Und rufen uns an, sobald es was Neues gibt.

CHRISTELLE: Ich hab schon mal in einem Krimi im Fernsehen gesehen, wie sie das machen. Ist ganz leicht, jemanden über sein Handy zu orten. Und geht im Prinzip auch ganz schnell. Obwohl… mitten im Atlantik… muss man sehen!

JÉRÔME: Im Ärmelkanal.

PATRICK: Leute, ich glaube, mir bleibt gleich das Herz stehen, bei diesem Hin und Her…

Das Handy klingelt.

PATRICK: So schnell?

CHRISTELLE: Na, siehst du…

JÉRÔME: Jetzt geh schon ran!

PATRICK: Hallo? Nein, Mama, sie haben ihren Tod noch nicht bestätigt. Tut mir leid, dich enttäuschen zu müssen… Nein, die neue Adresse von Tante Adele hab ich auch nicht. Aber es ist doch wohl ein bisschen früh, die Todesanzeige zu verschicken…? Es reicht, ich kann jetzt nicht weiterreden, ich muss die Leitung freimachen. Ich erwarte einen dringenden Anruf… Ja, genau… Die Kränze? Hör mal, mach was du willst, das ist mir jetzt egal, kapiert? *(Er legt auf, fuchsteufelswild)* Manchmal geht es schon ungerecht zu… Wenn wenigstens *meine Mutter* in dem Flieger gesessen hätte…!

Das Telefon klingelt wieder. Patrick nimmt ab, noch immer außer sich vor Wut.

PATRICK: Kannst du uns nicht endlich in Ruhe lassen, verdammt nochmal…? Oh, tut mir leid, ich hab geglaubt, dass es jemand anderes ist… Ja, klar, reden Sie nur weiter… Nein, nein, ich mach keine Witze, kann ich Ihnen versichern… Meine Frau war wirklich an Bord dieser Maschine und… Gut, in Ordnung, vielen Dank… Und rufen Sie bitte zurück, wenn Sie Neuigkeiten haben…?

Er legt auf, verunsichert.

PATRICK: Das waren sie nochmal… Sie haben Nathalies Handy orten können…

CHRISTELLE: Und?

PATRICK: Sie hat vom Bahnhof in Straßburg angerufen…

Das Festnetz-Telefon von Jérôme und Christelle klingelt. Christelle hebt mechanisch ab.

CHRISTELLE: Ja? *(fassungslos, übergibt Patrick den Hörer)* Nathalie...

Patrick nimmt den Hörer.

PATRICK: Nathalie? Wo bist du? Der ganze Atlantik wird nach dir abgesucht...! Das kann nicht wahr sein...! *(zu den beiden anderen)* Sie hat den Flug verpasst! Sie sitzt im Zug von Straßburg nach Paris!

JÉRÔME: Gott ist nicht tot...

PATRICK: Weißt du's noch gar nicht? *(zu den beiden anderen)* Sie weiß es nicht... Die Maschine von *Discount Airways*, mit der du fliegen solltest, ist über dem Mittelmeer abgestürzt... Alle Passagiere sind umgekommen ... Boh, das ist echt ein Wunder...! *(zu den beiden anderen)* Sie ist zwei Stunden im Terminal am Flughafen festgesessen. In den Waschräumen. Sie hat die Tür nicht aufgekriegt... War vom Terminal dieser Flohmarkt-Fluggesellschaft auch nicht anders zu erwarten. Ok... Ruf mich an, wenn du kurz vor Paris bist, ja? Kuss, Kuss, Liebling... *(er will schon auflegen, aber redet dann doch weiter)* Ähm, Nathalie...? Hast du meine Nachricht bekommen?... Nein, es war nichts Wichtiges... Du kannst sie löschen, am besten sofort... Jetzt, wo ich weiß, dass du nicht tot bist...

Patrick legt auf.

PATRICK *(strahlend)*: Also jetzt können wir, glaub ich, den Champagner aufmachen!

Jérôme und Christelle sind leicht verlegen, weil sie die Flasche ja schon ohne ihn aufgemacht haben. Aber gleichzeitig sind sie auch furchtbar erleichtert.

CHRISTELLE: Das ist ja so was von unglaublich! Findest du nicht auch, Jérôme?

JÉRÔME: Du bekommst deine Frau wieder und wir...

CHRISTELLE: ...einen Freund!

JÉRÔME: Um wie viel Uhr kommt sie an der *Gare de l'Est* an?

PATRICK: In knapp einer Stunde... Dann ist dieser Albtraum endlich zu Ende... Ich bin euch so dankbar... Ich weiß nicht, ob ich das ohne euch durchgestanden hätte... *(Er macht Anstalten aufzubrechen)* Ich glaube, den Champagner trinken wir ein anderes Mal... Ich hole sie jetzt vom Bahnhof ab und dann fahren wir gleich nach Hause... nach dieser Bewährungsprobe haben wir uns eine Menge zu erzählen, das versteht ihr sicher...

CHRISTELLE: Klar... Vor allem, wenn sie doch noch deine Nachricht abhört...

JÉRÔME: Kommt nicht in Frage! Wir feiern das alle zusammen. Oder, Christelle?

PATRICK: Wenn ich nur daran denke, dass sie die einzige Überlebende ist... Ich kann mir lebhaft vorstellen, wie sich die anderen Familien fühlen, die weniger Glück als ich gehabt haben...

JÉRÔME : Das Leben ist eine Lotterie! Hauptsache die richtigen Zahlen werden gezogen! Schlimm für die anderen, aber so ist es nun mal. *The show must go on*! Jetzt im Ernst, in deinem Zustand kannst du nicht Auto fahren. So mit den Nerven fertig, wie du bist, kriegst du deine Edelkutsche an einem Freitagabend am Bahnhof nicht geparkt. Ich rufe sie nochmal an und sag ihr, sie soll sich ein Taxi nehmen und direkt zu uns kommen. Mit ihrem Koffer.

PATRICK: Ein Taxi...? Das wird aber ziemlich teuer und wir haben es doch gerade nicht so dicke...

JÉRÔME : Aber wir schon, nicht wahr, Christelle?

CHRISTELLE: Wir haben auch gute Neuigkeiten... Jetzt können wir's euch ja verraten... Sag du's ihm!

Jérôme will gerade loslegen, da klingelt das Festnetz-Telefon. Christelle nimmt ab.

CHRISTELLE: Hallo... Ach, Nathalie... Wir wollten dich gerade nochmal anrufen, um... *(Ihr Lächeln erstarrt)* Ok, ich geb ihn dir... *(Zu Patrick)* Nathalie... Sie hat deine Nachricht bekommen...

Patrick ist entsetzt, nimmt den Hörer und geht langsam Richtung Balkon.

PATRICK: Hör mal, Nathalie, ich werde dir alles erklären, ok? Mach's nicht gleich zur Staatsaffäre! Nach allem, was wir in den letzten Stunden durchgemacht haben, solltest du das vielleicht relativieren. Ich erinnere dich daran, dass du dem Tod ins Auge gesehen hast! Wichtig ist jetzt, dass wir beide am Leben sind! Du bist eine Überlebende, Nathalie!

Er geht auf den Balkon, um das Telefongespräch weiterzuführen.

JÉRÔME: Scheiße, das hat uns gerade noch gefehlt...

CHRISTELLE: Das wird jetzt *überhaupt* nicht einfach, sie dazu zu bringen, dass sie herkommt und mit uns eine Flasche Champagner köpft.

JÉRÔME: Stell dir vor, sie beschließt, jetzt, wo sie erfährt, dass Patrick ihr Hörner aufgesetzt hat, ihrem Leben ein Ende zu setzen und sich in die Seine zu stürzen. Samt Koffer...

Patrick kommt zurück, mit versteinerter Miene.

CHRISTELLE: Und...?

PATRICK: Sie will nicht mehr mit mir unter einem Dach schlafen ... Und spricht von Scheidung...

JÉRÔME: Solange kann sie ja hier übernachten, nicht, Christelle? Den Koffer hat sie ja schon gepackt...

PATRICK: Ach, der Koffer, genau... Aber wenn's nur das wäre...

Verständnislosigkeit bei den beiden.

JÉRÔME: Was denn?

PATRICK: Also: Nathalie hat ihren Flug verpasst, aber den Koffer, den hatte sie schon aufgegeben... Den müsst ihr jetzt leider abschreiben... Der war im Laderaum...

JÉRÔME: So was Bescheuertes! *(Zu Christelle)* Sag mir, dass er fantasiert!

PATRICK: Glücklicherweise - wenn man so will - war es ja kein echter, ... Eigentlich ist es ja nicht ganz legal, die nachzumachen... Ich hab da mal eine Doku drüber gesehen... Nathalie hätte Schwierigkeiten bekommen können, an der Grenze...

CHRISTELLE: Auf dem Weg nach Straßburg?

PATRICK: Wenn man über London fliegt…

JÉRÔME: Wenn er nicht gleich abhaut, prügle ich ihm das Hirn aus der Birne…

Patrick ist etwas überrascht von Jérômes Reaktion.

PATRICK: Keine Panik, ich kauf euch einen echten nach, wie versprochen… Das bin ich euch schon schuldig…

JÉRÔME: Gute Idee! Von den 1.000 Euro, die du uns schuldest…

PATRICK: Also, jetzt mache ich mich wirklich auf den Weg, nicht, Christelle? Genug Emotionen für *einen* Tag…

Christelle schiebt Patrick sanft zur Türe, um ihn vor dem anstehenden Wutausbruch von Jérôme zu schützen.

CHRISTELLE: Mach dir keine Sorgen, der beruhigt sich wieder… Ruf mich morgen an, ok?

PATRICK: Mach ich, ich halte dich auf dem Laufenden…

Patrick ist gerade dabei, raus zu gehen, dreht sich aber noch ein letztes Mal um.

PATRICK: Ach übrigens, was war denn das für eine gute Nachricht, von der ihr mir erzählen wolltet…?

Christelle drängt ihn nach draußen.

CHRISTELLE: Ich ruf dich morgen an.

Patrick geht ab. Jérôme und Christelle bleiben allein zurück. Sie sinken auf die Couch. Bleierne Stille macht sich breit.

JÉRÔME: 60 Millionen Euro…

Christelle nähert sich Patrick zärtlich an.

CHRISTELLE: Komm schon, ist doch alles nicht so schlimm… Hauptsache, wir sind noch am Leben, oder? Und noch immer zusammen …

Jérôme entspannt sich ein wenig.

JÉRÔME: Stimmt auch irgendwie…

CHRISTELLE: Und überhaupt, was hätten wir mit 60 Millionen angestellt?

JÉRÔME: Das frag ich mich auch…

CHRISTELLE: Hätte unsere Beziehung dieser Belastung überhaupt standgehalten?

JÉRÔME: Gute Frage. Ganz zu schweigen: unsere Freunde... Schau mal, wir hätten uns fast mit Patrick und Nathalie zerstritten...

Schweigen.

JÉRÔME: Meinst du, wir hätten uns scheiden lassen, wenn wir die 60 Millionen kassiert hätten?

CHRISTELLE: Das kann einem schon zu Kopf steigen... Wenn man auf einen Schlag erfährt, dass man sich alle unterdrückten Wünsche erfüllen kann...

JÉRÔME: Du hast recht, der Dauerfrust ist Zement für eine Beziehung... Wenn ich daran denke, dass wir fast Multimillionäre geworden wären, läuft es mir kalt über den Rücken.

CHRISTELLE: Egal, für einen gemütlichen Abend vorm Fernseher, nur wir zwei, reicht es immer...

JÉRÔME: Weißt du, was mich wirklich entspannen würde...?

CHRISTELLE *(erwartungsvoll)*: Lass es raus... Als kleine Entschädigung für dein verlorenes Vuitton-Imitat bin ich bereit, dir jeden Wunsch zu erfüllen.

JÉRÔME: Ein Tierfilm... Über das Liebesleben der Warane zum Beispiel...

Christelles Begeisterung ebbt etwas ab.

JÉRÔME: Hast du gewusst, dass die es mit jedem treiben, die Warane... Die weiblichen Warane lassen sich nacheinander von mehreren Männchen bespringen und die Eier, die sie später legen, enthalten dann das Erbgut von ihren sämtlichen Liebhabern.

CHRISTELLE *(deprimiert)*: Da ist noch ein bisschen von dem Landwein... Zumindest das, was Patrick übrig gelassen hat... Willst du noch was davon? Besser, wir gewöhnen uns daran...

Sie schenkt zwei Gläser ein, während Jérôme den Fernseher wieder einschaltet.

STIMME *(aus dem Off)*: Soeben erreicht uns die Nachricht, dass der Flug Nummer 32 a der *Discount Airways* nicht, wie bisher gemeldet, über dem Ärmelkanal abgestürzt ist. Nach neuesten Berichten hatte der Pilot auf Autopilot geschaltet und dann eine Ruhepause eingelegt. Statt der Zwischenlandung in London ist die Maschine bis Alaska weitergeflogen, wo sie an der Küste wegen Treibstoffmangel zu einer Notlandung gezwungen war.

JÉRÔME: Komisch, weißt du, ich hab das Gefühl, das ist ganz weit weg von mir.

Das Telefon klingelt. Christelle steht wie ein Zombie auf und hebt ab, während Jérôme gebannt in den Fernseher schaut.

STIMME *(aus dem Off)*: Noch liegt uns keine Nachricht über das Schicksal der Passagiere im Flugzeugwrack vor. Auf diesen Bildern von einwandfreier Qualität sind jedoch zwei Pinguine zu erkennen, die mit einem Koffer spielen...

CHRISTELLE: Das ist jetzt nicht wahr...!

Christelle ist wie betäubt. Sie legt auf und kommt zu Jérôme zurück.

JÉRÔME: Wer war das?

CHRISTELLE: Nathalies Frauenarzt... Beziehungsweise meiner... Wir sind ja beim selben...

JÉRÔME: Und?

CHRISTELLE: Der hat unsere Krankenakten verwechselt...

JÉRÔME *(verständnislos)*: Ja, und?

CHRISTELLE: Sie ist gar nicht schwanger. *Ich* bin's, die schwanger ist!

JÉRÔME: Du, ich bin jetzt wirklich nicht zu schwachen Scherzen aufgelegt...

CHRISTELLE *(frohlockend)*: Ich bin schwanger von dir, Jérôme! Wir kriegen ein Baby!

JÉRÔME *(nicht wirklich begeistert)*: Aber... ich hab gedacht, wir können keines kriegen... Dein Frauenarzt hat doch gesagt, dass mein Sperma eine so schlechte

Kondition hat, dass die Chancen bei eins zu einer Million liegen!

CHRISTELLE: Heute ist eben Freitag, der 13.!

Licht aus. Zu sehen ist nur noch die Lichterkette vom Weihnachtsbaum. Weihnachtslied, danach das Heulen von Flugzeugturbinen beim Absturz und eventuell eine Explosion.

ENDE

Zum Autor

Jean-Pierre Martinez, geboren 1955 in Auvers-sur-Oise bei Paris, hat seine ersten Bühnenerfahrungen als Schlagzeuger verschiedener Rockgruppen gemacht. Nach Studium und eigener Lehre von Text- und Bildsemiotik an sozial- und theaterwissenschaftlichen Hochschulen (*Ecole Pratique des Hautes Etudes en Sciences Sociales*, EHESS; *Conservatoire européen d'écriture audiovisuelle*, CEEA) wurde er in der Werbebranche tätig, verfasste nebenher schon bald Drehbücher für das Fernsehen und kehrte schließlich als Theater-Autor und Dramaturg an die Bühne zurück.

Martinez zählt zu den produktivsten und meistgespielten der heutigen Theater- und TV-Drehbuchautoren Frankreichs und des französisch-sprachigen Auslands. Bis dato hat er an die 100 TV-Drehbücher und mehr als 80 Komödien verfasst, von denen einige zu Klassikern geworden sind (*Vendredi 13* oder *Strip Poker*). In englischer und spanischer Übersetzung werden seine Theaterstücke regelmäßig auf Bühnen in Nord- und Lateinamerika gespielt. Für den Erfolg der Theaterstücke von Jean-Pierre Martinez steht die Zahl von jährlich über 2.000 Aufführungen seiner Stücke, die inzwischen in 12 Sprachen übersetzt vorliegen – jetzt auch auf Deutsch.

Zum Übersetzer

Dr. phil. Hans-Joachim Bopst, Studium von Romanistik, Germanistik und Deutsch als Fremdsprache; nach über 10 Jahren Lehre an französischen Universitäten seit 1992 in der Übersetzerausbildung an der Universität Mainz / Germersheim tätig; Lehre, Forschung, Veröffentlichungen und Übersetzungen zu Tourismus, Sprachwissenschaft, Didaktik; zahlreiche Gastdozenturen, Vorträge und Workshops an in- und ausländischen Universitäten; seit 2016 Übersetzung der Komödien von Jean-Pierre Martinez.

Grundlage für die deutsche Übersetzung der Stücke von Jean Pierre Martinez waren Übersetzungsübungen, die unter meiner Leitung am Fachbereich Translations-, Sprach und Kulturwissenschaft (FTSK) der Universität Mainz / Germersheim zwischen 2018 und 2020 stattfanden.

Mein Dank für Kreativität, Korrekturen und Tipps an alle beitragenden Studierenden und Kolleg*innen !

Hans-Joachim Bopst

Das Werk einschließlich aller seiner Teile ist nach den Bestimmungen über geistiges Eigentum urheberrechtlich geschüde Verwertung des Werks – insbesondere die Bühnenaufführung – außerhalb der engen Grenzen des Urheberrechtsgesetzes und ohne Einwilligung von Autor und Übersetzer ist unzulässig und strafbar und kann zu hohen Schadensersatzansprüchen führen.

April 2020

La Comédiathèque
comediatheque.net

www.ingramcontent.com/pod-product-compliance
Lightning Source LLC
La Vergne TN
LVHW092034190726
843493LV00002B/674